LES ABDERITES,

COMEDIE EN VERS.

En un Acte, avec un

PROLOGUE.

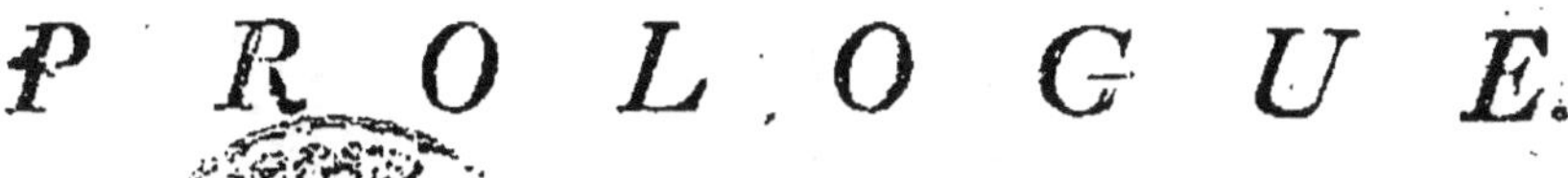

A LA HAYE,

Chez ANTOINE van DOLE,

MDCCXXXVII.

Par François-Augustin
Paradis de Moncrif.

A

SON ALTESSE

SERENISSIME

MADAME

LA DUCHESSE

DOUAIRIERE.

*ADAME,*

*L*E fort de cette Comédie honoreroit les Ouvra-
ges du prémier Ordre. Uniquement faite
dans l'espérance qu'elle seroit représentée devant
VOTRE ALTESSE SERENISSI-

 ME,

ME, elle a paru attirer *son suffrage*, &
pour comble de *succès*, *Vous m'accordez*, par
l'honneur de *Vous la dédier*, la gloire de *Vous* en
renouveller publiquement l'hommage. *J'éprou-*
ve avec une profonde reconnoissance, que le zèle
peut être aussi bien recompensé que le mérite ;
mais ce même zèle, animé par les bontez de
VÔTRE ALTESSE SERENISSI-
ME, ne pourroit-il pas se plaindre des bornes
qu'*Elle* lui impose. Il *Vous* a déplû dans la seule représentation que *Vous* avez permise du Prologue de cette Pièce ; parce qu'il a osé *Vous*
parler de *Vous*-même ? On n'a que des véri-
tez flatteuses à *Vous* faire entendre, & *Vous*
n'aimez pas qu'on *Vous* en entretienne. Cependant ces graces de l'esprit, cette douceur de caractère, cette ame sensible à l'amitié ; toutes
ces qualitez si heureusement rassemblées dans
Monseigneur le Comte de Clermont, & que mon
devoir (pour le bonheur de ma vie) me met tous
les jours plus à portée de connoître : *Vous* les
entendez vanter avec plaisir, sans songer que
ressemblant, comme il fait, par un grand nom-
bre de traits à son auguste Mere, toutes les
loüanges qu'il mérite, sont autant d'Eloges pour
Elle. Voilà donc une carriere que *Vous* ne pouvez interdire à mon zèle : Cette manière de *Vous*
loüer,

loüer, *la seule qui Vous soit agréable, me don-*
nera chaque jour de nouveaux sujets de Vous
plaire; & Vous fera approuver l'attachement &
le très profond respect avec lequel je suis,

M A D A M E

De Votre Altesse Serenissime,

Le très humble, & très
obéissant serviteur,

* * *

A 3   AP

APPROBATION.

J'Ai lû par l'ordre de Monseigneur le Garde des Sceaux, *la Comédie des Abdérites*, & j'ai cru que l'impression en seroit agréable au Public. Fait à Paris ce 19. Août 1732.

FONTENELLE,

LES

LES ABDERITES,

COMEDIE EN VERS.

ACTEURS.

NICANDRE, *prémier Sénateur d'Abdere.*

ANAXIMENE,
PHORBAS, } *Collegues de Nicandre.*

MIRTO, *femme de Nicandre.*

CARITE, *fille de Nicandre & de Mirto, promise à Lisis.*

LISIS, *jeune Citoïen d'Abdere, Amant de Carite.*

ARISTEME, *Abdérite, amoureux de Carite.*

TERGALION, *Envoïé de Sardis.*

DROMON, *Valet de Lisis.*

UN ESCLAVE *de Nicandre.*

La Scene est à Abdere dans un Vestibule de la Maison de Nicandre, où le Sénat s'assemble.

LES

LES
ABDERITES,
COMEDIE.

PROLOGUE.

THALIE, VENUS.

THALIE.

J E verrois sans émotion
Mes talens décriez & ma gloire flétrie!
Comment on traite de folie
La plus sage occupation,
L'art de jouër la Comédie!
Ah ¦ vous voilà, Venus.

VENUS.

Eh qu'avez-vous, Thalie?

THALIE.

Du dépit.

VENUS.

Du dépit! vraiment,
Vous en parlez modestement;
Vous me paroissez en furie.

THA.

THALIE.

Vous ignorez apparemment,
L'affront fanglant qu'on va me faire.
Je parus autrefois dans la ville d'Abdere;
Ses habitans, d'abord, gens de goût & charmans,
Enchantez de mes agrémens,
Firent de déclamer leur principale affaire.
Aujourd'hui fur la Scene, hélas! le croiriez-vous,
Contre moi l'injuftice éclate fans limites:
Mes antiques fujets, ces heureux Abdérites,
Parce qu'ils m'adoroient, font mis au rang des fous!

VENUS.

Ce jugement doit-il vous caufer des allarmes?
Un Eloge pour vous eft une trahifon?
Prouver qu'on vous chérit jufqu'à la déraifon,
C'eft vous accréditer, c'eft illuftrer vos charmes.

THALIE.

Mon régne fleuriffoit, j'avois l'efpoir flatteur,
De voir chaque mortel amoureux de Thalie,
Tour-à-tour avec zèle acteur ou fpectateur:
　　Peut-on mieux partager fa vie?
Mais quels triftes revers: j'ai de nouveaux fujets
　　Qui me trahiffent fans fcrupule;
Eux-mêmes à l'envi tournent en ridicule
　　Tous les dons que je leur ai faits.

VENUS.

Hé bien! de ces ingrats, il faut punir l'outrage.

THALIE.

Doïs-je de mes talens leur ôter le partage?

VENUS.

Non: vengez-vous plutôt par de nouveaux bienfaits;
Dans ce jour même, il faut que votre art les infpire
　　Plus heureufement que jamais.
Ils étendront vos droits en croïant les détruire,

Et

Et vous les punirez par leurs propres ſuccès.
Vous pouvez acquérir la gloire la plus belle :
Une Divinité plus puiſſante que nous,
   Qui ſert aux Graces de modéle,
Conſent à voir ces jeux préparez malgré vous.
   Vous l'éprouverez ; ſa préſence,
    Et ſes applaudiſſemens,
  Furent toujours des plus parfaits talens,
    La ſource & la récompenſe ;
    Au plaiſir de l'admirer,
    Sans effort toujours fidelle,
  On ſe voit effacer par elle,
  On ne ſçauroit en murmurer :
  Le ſort a pris ſoin de l'orner
D'un charme dans l'eſprit & dans le caractère,
   Qui nous force à lui pardonner,
  D'avoir mieux que nous l'art de plaire.

T H A L I E.

Ah ! que vous m'inſpirez l'ardeur de réuſſir :
La piéce eſt préparée, allons, qu'elle commence ;
Mais contre les Acteurs il faut me ſecourir :
Les applaudir, fera leur peine & ma vengeance ;
  Vous ne ſçauriez trop les punir.

Fin du Prologue.

S C E-

SCENE PREMIERE.

LISIS, DROMON.

LISIS,

MAIS Dromon, ès-tu fou?

DROMON,

J'en ai tout l'air, d'accord;
Mon difcours; j'en conviens, a l'entiere apparence,
De la plus haute extravagance:
Je vous fais cependant un fidele rapport.

LISIS.

Répons, mais nettement; la lettre
Qu'à Nicandre il falloit remettre?....

DROMON.

Votre billet à Nicandre eft rendu.

LISIS.

Hé bien, qu'a-t-il répondu?

DROMON.

Le voici mot pour mot, je l'ai bien retenu:
Seigneur, concevez-vous l'horreur qui me poffede?
Un monftre, ah quel Epoux pour ma fille Andromede!

LISIS.

Va dormir, va.

DROMON.

Je veille & parle de bon fens.

LISIS.

LISIS.
L'yvreſſe quelquefois met dans l'eſprit des gens
Une bizarre rêverie.

DROMON.
Ah ! que ſi je l'oſois je ſerois en furie.
Comment ! Seigneur, j'aurai raiſon
Pour la prémiere fois peut-être de ma vie,
Et n'en joüirai pas ?

LISIS.
De bonne foi, Dromon,
Di-moi quelle vapeur t'a troublé la mémoire ?

DROMON.
Ecoutez-moi patiemment,
Et malgré-vous, vous m'allez croire :
Comment aurois-je oublié,
Que dès le grand matin, chagrin, eſtropié,
Je ſuis à votre ſuite arrivé dans Abdere,
Où tout dormoit tranquillement,
Où je peſtois contre vous de colere,
De n'en pouvoir faire autant.

LISIS.
Fort bien.

DROMON.
Je conte exactement.
Impatient, comme à votre ordinaire,
Ne m'avez-vous donc pas envoïé bruſquement,
Chez votre futur Beau-Pere,
Chez Nicandre ? Avoüez...

LISIS.
Qui te dit le contraire ?

DROMON.
Ecoutez-moi toujours : chez Nicandre arrivé,
N'ai-je pas trouvé
Mirto ſon Epouſe ſi chere,

Qui

Qui m'a reçû d'un air plein de bonté;
    L'agréable caractère!
Elle auroit la docilité
De parler un an fans fe taire.

                    L I S I S.
Après ?

                D R O M O N.
        Voici le vrai nœud de l'affaire:
Lorfqu'à Nicandre enfin je me fuis préfenté,
Je ne mens pas d'un mot, il étoit ajufté;
    Il m'a parlé d'une manière
    Véritablement finguliere,
    Pour foutenir la gravité
    Du prémier Magiftrat d'Abdere.

                L I S I S.
Ah! te voilà dans ta chimere.

                D R O M O N.
Tenant un Sceptre en main, marmotant de grands mots,
Il étoit tranfporté d'une plaifante yvrefle:
Tantôt il me traitoit de vainqueur, de héros,
Et le moment d'après, il m'appelloit Princefle.

                L I S I S.
Pauvre Dromon! Cerveau pour jamais éventé.

                D R O M O N.
Seigneur, j'ai pour garant, outre ma probité,
    Mirto fa femme, & fa fille Carite:
    Ah les voilà! Quelle félicité!
    Vous l'allez voir; la vérité
    Eft ma vertu favorite.

S C E-

SCENE II.

LISIS, DROMON, MIRTO, CARITE.

CARITE (*appercevant Lisis du fond du Théatre.*)

Maman, c'est Lisis! je le voi.

LISIS (*à Carite.*)

Je vous retrouve enfin,

(*à Mirto.*)

De grace apprenez-moi...

MIRTO.

J'ai bien à vous conter sans doute ;
Vous arrivez apparemment ?

LISIS.

(*à Mirto.*) (*à Carite.*)
Oui. Mon cœur !

MIRTO.

Mais enfin, dites-moi donc comment
Vous vous trouvez de votre route ;
Vos affaires, votre santé,
En êtes-vous content, tout a-t-il bien été ?

LISIS.

Mirto, je vais d'abord...

MIRTO.

Il faut ne me rien taire.

CARITE.

Lisis.

LISIS.

Ecoutez un récit,
Que ce maraud vient de me faire.

C A-

CARITE.

Vous parlez toujours à ma mere,
Vous ne m'avez encor rien dit.

LISIS.

Je soupire, je crains, c'est vous parler, Carite.

MIRTO.

Un bizarre malheur depuis peu nous agite.

LISIS.

Quel est ce chagrin si pressant ?

MIRTO.

Depuis que vous êtes absent,
Mon pauvre Epoux ! Quelle manie !
Un charme de la Thessalie,
Car cela ne se peut sans un enchantement,
L'a fait passer en un moment,
De la raison à la folie.

DROMON *(à part.)*

Dromon est un yvrogne.

LISIS *(fait signe à Dromon de se retirer.)*

Ah quel évenement !
Nicandre étoit la raison même :
Tourner à la folie, & dans si peu d'instans !

CARITE.

Jugez s'il est dans son bon sens :
Il ne veut plus que je vous aime.

LISIS.

Quel excès ! que m'apprenez-vous !

MIRTO.

Il s'est engoué d'Aristeme.
De ma fille peut-être, il en fera l'Epoux.

CARITE.

Je ne voudrai jamais.

LISIS.

Que devient sa parole ?

Entre

Entre nous tout eſt concerté.

MIRTO.

Depuis l'enchantement dont il eſt tourmenté,
Le reſte lui paroît frivole.

LISIS.

Quoi ! de la République un prémier Magiſtrat,
Nicandre, à nous régir homme ſi néceſſaire !
Son malheur s'il eſt ſçû fera bien de l'éclat.

MIRTO.

Bon, hors nous, ſa manie ici n'étonne guére,
Preſque tous les cerveaux d'Abdere,
Sont en auſſi mauvais état.

LISIS.

Voici bien un autre myſtere !

MIRTO.

Ah c'eſt une contagion !
Oui, j'en réviens toujours à ma réflexion ;
L'art de la Theſſalie entre dans cette affaire.
Tenez, voici l'occaſion
De cette malédiction,
Dont Abdere jamais n'avoit connu d'exemple.
Des Etrangers dans le Cirque un matin,
Dreſſerent à nos yeux une eſpece de Temple :
L'eſpace n'étoit pas fort ample ;
Mais leur art les ſervit ſi bien,
Qu'aïant faſciné notre vûë,
Nous vîmes un Palais d'une immenſe étenduë,
Puis des monts, des rochers, & puis de vaſtes mers :
Un Dragon en ſortit qui jettoit dans les airs,
(J'en ai l'ame encor toute émuë,)
Des torrens de feux & d'éclairs.
Enfin ces étrangers conſervant leurs viſages,
Mais aïant certain vêtement,
Néceſſaire ſans doute, à cet enchantement,

B

Des

Devinrent tout-à-coup d'étonnans perſonnages :
    C'étoit des Dieux & des Héros ;
Ils l'étoient en effet ; car avec certains mots,
    Dont ils frapperent nos oreilles,
La crainte ou le reſpect, la joie ou la douleur,
A leur gré ſe gliſſoit au fond de notre cœur.
    De ces dangereuſes merveilles,
Mon eſprit ſagement ſe ſentit allarmer ;
Je ramenai Carite, & je fus m'enfermer
    Pour ne point voir choſes pareilles.

CARITE.

J'en partis à regret, on y parloit d'aimer :
Un de ces enchanteurs, ſon nom, c'étoit Perſée ;
    Je m'en ſouviendrai plus d'un jour ;
Il aimoit Andromede, & lui parloit d'amour ;
    Vous me veniez d'abord en la penſée.
Tout ce qu'il exprimoit me paroiſſoit ſi doux ;
Pour mes yeux c'étoit lui, pour mon cœur c'étoit vous.

LISIS.

Cette naïveté la rend plus adorable.
Carite, croïez-moi mieux que ces enchanteurs,
    Vous poſſedez l'art admirable,
    De vous aſſujettir les cœurs.

MIRTO.

Vraiment vous ignorez la ſuite épouvantable,
    Du pouvoir de ces démons-là.
Je ne ſçais de leur voix quel charme s'exhala,
    Mais depuis, chacun dans Abdere,
Eſt à les imiter ſans relâche occupé :
    On ne connoît plus d'autre affaire.
Nicandre mon Epoux, & je m'en déſeſpere,
De la contagion paroît le plus frapé.

LISIS.

Diſſipez ces fraïeurs, perdez votre triſteſſe ;

Cette

Cette puissance enchantéresse,
Dont la nouveauté vous séduit :
N'est qu'une ingénieuse adresse,
Pour amuser le cœur, pour embellir l'esprit.
Les plus sages peuples de Grece,
De ces utiles jeux, font leur plus grand plaisir.

CARITE.

Ah ! que vous me plaisez ! nous pourrons en jouïr ;
J'avois grand' peine à les haïr,
Ils parlent si bien de tendresse !

MIRTO.

Bon, des jeux ! ces jeux rendent fous !
A les repréfenter tout Abdere s'applique,
Et pour s'en occuper, mon infenfé d'Epoux,
Néglige la chofe publique,
Et tous les devoirs de chez nous.

LISIS.

Mais quoi ! Phorbas, Anaximene,
Ses Collegues chargez comme lui de l'Etat ?....

MIRTO.

Bon : Phorbas eft un fot, Anaximene un fat,
Que la même fureur promene.
Sur ce que Nicandre préfcrit,
Phorbas eft fans ceffe en extafe,
Et répetant toujours mot pour mot ce qu'on dit,
Pourvû qu'il retourne la phrafe,
Il fe croit un fort bel efprit.

LISIS.

D'accord.

MIRTO.

Anaximene eft, ne vous en déplaife,
D'efprit fi gauche & fi diffus :
On voit qu'il eft tant à fon aife,
Quand il faifit le faux pour l'outrer encor plus.

B 2

Les voilà: le bel assemblage!

(*On voit Nicandre, Phorbas & Anaximene,
ridiculement parez de quelques fragmens d'habits
de Théatre, par-dessus leurs habits de Sénateur,
& faisant des actions de déclamation.*)

O cela fait pleurer, les voir en cet état.

LISIS.

Ils aiment le métier: porter cet équipage,
Dans le lieu même où se tient le Sénat!

MIRTO.

Je vais... vous allez voir.

LISIS.

Eh! point de pétulance,
Croyez-moi la patience
Sert bien mieux que le courroux.

(*à Carite.*)   (*à Mirto.*)

Fiez-vous à mon cœur. Fiez-vous à mon zèle.
Je vais joindre Nicandre, & ramener à nous....

CARITE.

Ramenez; revenez, Lisis; dépechez-vous.

MIRTO.

O Minerve! de mon Epoux,
Retournez un peu la cervelle.

(*Elle sort avec Carite.*)

SCENE III.

LISIS, NICANDRE, PHORBAS, ANAXIMENE.

LISIS *(à Nicandre.)*

SEIGNEUR, mon retour m'eſt bien doux ;
Tout m'appelle auprès de Nicandre.

NICANDRE.

Adieu Liſis.

LISIS.

J'oſe prétendre...

NICANDRE.

Pour les ſoins de l'Etat, il me faut vous quitter.

LISIS.

Sur une Scene tragique,
Je venois vous conſulter.

NICANDRE *(avec complaiſance.)*

Sur une Scene? Hé bien ; la République,
Le conſeil achevé, pourra vous écouter.

SCENE IV.

NICANDRE, PHORBAS, ANAXIMENE.

NICANDRE *(aſſis entre les deux autres Sénateurs
& regardant Liſis qui ſort.)*

C'EST un bon Citoïen, il n'eſt pas ſans mérite :
Qu'en dit Phorbas?

PHOR-

PHORBAS *(avec enthoufiafme.)*

Fort bien ! très bien !

(avec confiance.)

Du mérite ; il eſt vrai : mérite & citoïen.

ANAXIMENE.

Sans la frivolité, ſans l'erreur qui l'agite,
D'accroître ſes honneurs, ſes titres & ſon bien,
Nous en ferions, je penſe, un grand Comédien.

PHORBAS *(à Nicandre.)*

Le croïez-vous ?

NICANDRE.

Sans doute.

PHORBAS.

Il joûeroit bien je penſe !

NICANDRE.

Des Rôles entre nous, il faut fixer le choix.

ANAXIMENE.

Je ferai les Héros.

NICANDRE.

Moi j'ai choiſi les Rois.

(à Phorbas.)

Vous, Seigneur ?

PHORBAS.

Les Amans ! & c'eſt par convenance.

NICANDRE.

Fort bien ; mais à propos, il eſt tems de péſer
Un intérêt qui paroît d'importance :
L'Envoïé de Sardis attend ſon audience ;
Il vient, dit-on, nous propoſer
Un traité de commerce.

ANAXIMENE.

Il faudra qu'il differe ;
Un autre objet a droit de nous intéreſſer.

NICANDRE.

Nous avons un Théatre à faire,

Et

Et bien des Acteurs à dreſſer.

PHORBAS.

Il m'enchante : à dreſſer & le Théatre à faire.

UN ESCLAVE.

L'Envoïé de Sardis ſe préſente.

ANAXIMENE.

Un moment.

Faut-il le recevoir dans cet ajuſtement ?

NICANDRE.

Peut-on être plus décemment,
Qu'en habit de Tragédie.
(a l'Eſclave.)
Allez, qu'il vienne.

PHORBAS (à l'Eſclave.)

Allez; il peut venir.

ANAXIMENE (regardant le Tonnelet de Nicandre.)
Oui, ce grand appareil doit être à l'avenir
Notre habit de cérémonie.

____

SCENE V.

TERGALION & les Acteurs de la Scene précédente.

TERGALION (avant de s'aſſeoir, examinant les trois
Sénateurs.)
(à part.)
QUE vois je! ſuis-je au Sénat!
(aux Sénateurs.)
C'eſt vous qui régiſſez l'Etat?

NICANDRE.

Vous voïez les trois Chefs de notre République.

TERGALION.
(Il s'aſſeoit.)
Seigneurs! Des Sardiens vers Abdere envoïé,

Je

Je viens ferrer les nœuds de l'alliance antique,
Que fonda la vertu, qu'affermit l'amitié....

NICANDRE.

Il débite avec grace.

ANAXIMENE.

Il a du Patétique.

NICANDRE.

Ah qu'il réuffiroit à joüer le Tragique !

PHORBAS.

J'y fongeois, au Tragique il pourroit réuffir.

TERGALION.

Quoi ! vous m'interrompez !

NICANDRE.

C'eft pour vous applaudir.

Pourfuivez ; tout en vous, Seigneur , nous intéreffe.

TERGALION.

Le commerce en tous les Etats,
    Eft la fource de la richeffe ;
Refpectable Sénat , votre haute fageffe
    Sans doute ne l'ignore pas.
Il eft tems que Sardis unie avec Abdere ,
    De cette reffource fi chere
Faffe naitre & fleurir l'avantage certain :
O Mercure ! protege un fi jufte deffein !

(Tergalion *dit ces derniers Vers avec embaras,
parce qu'il voit les Sénateurs diftraits , & s'agi-
tant comme s'ils répetoient un Rôle , ne s'occu-
pant plus de lui.*)

Que vois-je ! quel eft ce délire !
Sénateurs , répondez. On ne m'écoute pas.

ANAXIMENE (*regardant l'Ambaffadeur fans le voir.*)

Votre fille vivra je puis vous le prédire,
Cet oracle eft plus fûr que celui de Calchas.

TERGA-

TERGALION.

On m'outrage : La Grece....

NICANDRE.

                        Eſt trop inquiétée,
De ſoins plus importans, je l'ai cru agitée :
Ce n'eſt pas-là le ton, je me ferois ſifler.

TERGALION.

Quel Démon vient donc les troubler !

(Regardant Phorbas qui rêve avec un air attendri.)
Celui-ci me paroît plus ſage ;
Que dites-vous, Seigneur, de cet outrage ?

PHORBAS.

Dans ces tendres inſtans, j'ai cent fois éprouvé,
Qu'un mortel peut goûter un bonheur achevé.

(Les Sénateurs qui répétoient à-demi bas, ſe met-
tent ſucceſſivement à déclamer tout haut, & tous
trois en même tems, ſe promenant ſur le Théatre,
& tantôt s'aſſeyant.)

Ah ! lorſque pénétré d'un amour véritable,
Et gémiſſant aux pieds d'un objet adorable,
J'ai connu dans ſes yeux, timides ou diſtraits,
Que mes ſoins de ſon cœur avoient troublé la Paix.

ANAXIMENE *(qui a commencé en même tems que*
Phorbas a dit Ah ! lorſque pénétré *&c.)*
La gloire m'excitant, d'un vol audacieux
J'ai fait la Guerre aux Rois, je la ferois aux Dieux.
Héros, votre valeur rivale du Tonnerre,
Vous fait plus que les Rois, les maîtres de la Terre.

NICANDRE *(déclame auſſi en même tems que*
les deux autres.)
La Grece en ma faveur, eſt trop inquiétée,
D'un ſoin plus important, je l'ai cru agitée,
Seigneur, & ſur le nom de ſon Ambaſſadeur,
J'avois dans ſes deſſeins conçû plus de grandeur.

            B 5   (Les

(Les trois Sénateurs, en difant les deux derniers
Vers , marchent vers le fond du Théatre , &
baiſſent un peu la voix.)

TERGALION.

Quel bruit ! Que d'impertinences !
Ce Sénat eſt majeſtueux :
On ne peut faire avec eux,
Qu'un commerce d'extravagances.

(Il s'en va en les contrefaiſant par les geſtes &
les tons qu'il outre encore davantage ; & les Sé-
nateurs ſe rencontrant nés-à-nés ſe taiſent tous à
la fois, ſortant tout-à-coup de leur diſtraction.)

NICANDRE *(appercevant que l'Ambaſſadeur eſt ſorti.)*

Quoi ! tandis que nous déclamions,
L'Ambaſſadeur a quitté l'audience ?

ANAXIMENE.

Il a vû que nous répétions,
Il s'eſt retiré par prudence.

NICANDRE.

Songeons à mettre enfin un Théatre en état.

ANAXIMENE.

Hé bien, je vais dreſſer un décret du Sénat
Qui fixera la forme des couliſſes.

NICANDRE *(à Phorbas.)*

Et vous, Seigneur ?

PHORBAS.
Et moi...

NICANDRE.
Vous pouvez...

PHORBAS.
Oui, je puis....

NI-

NICANDRE.
Aller choifir des fleurs pour coëffer les Actrices.
J'aurai foin d'ordonner la pompe des habits.
(*Phorbas & Anaximene fortent ; Nicandre refte.*)

SCENE VI.

NICANDRE, UN ESCLAVE.

L'ESCLAVE.

UNE Troupe, Seigneur, fe montre ambitieufe
De vous plaire. Elle vient devant vous débuter.
NICANDRE.
Une troupe ! Elle eft nombreufe.
Sans doute ?
L'ESCLAVE.
Ils ne font qu'un.
NICANDRE.
Un ! Il faut l'écouter.
Cette Enigme me caufe une furprife extrême.

SCENE VII.

NICANDRE & ARISTEME, (*que
l'Efclave produit.*)

NICANDRE.

QUE vois-je ! c'eft Arifteme.
ARISTEME.
L'annonce a dû vous troubler,

Il n'en est pas moins croyable.
Quelle découverte admirable,
Seigneur, je vais vous réveler!
La Troupe la plus zélée
Sans soins n'est pas rassemblée.
Le goût du changement ou de la liberté,
La fortune, l'amour, la haute dignité,
Peuvent vous débaucher un Acteur régretable;
Le penchant le plus raisonnable,
Par un frivole objet est souvent emporté.
J'évite par mon art cet embarras extrême,
De réunir long-tems les goûts & les humeurs;
Apprenez mon secret: je suis, moi seul, moi-même,
Les Actrices & les Acteurs.

NICANDRE.
Vous méritez une statuë.

ARISTEME.
Le projet est hardi! vous en verrez l'issuë:
Une Scene ou deux seulement,
Vous suffiront pour bien juger du reste.

NICANDRE.
Quel est le sujet?

ARISTEME.
Le moment
De la reconnoissance & d'Electre & d'Oreste.
Vous êtes le public, songez à vous placer:
Allons, la troupe est prête.

NICANDRE (*assis.*)
Elle peut commencer.

(Aristeme jette une robe qui cachoit ses habits; il
paroit vêtu en habit de Théatre, & tout-à-coup
une barbe lui descend du menton, & une partie de
sa coëffure devient une couronne.)

ARISTE-

ARISTEME *(représentant Egiste.)*

Egiste, enfin le fort va remplir ta vengeance,
Tu vois ton ennemi tomber en ta puiffance,
Orefte eft dans ces lieux, par Alecton conduit :
Et tu vas le plonger dans l'éternelle nuit.
Sous le nom d'affaffin, il a cru me furprendre :
D'Orefte, difoit-il, j'apporte ici la cendre ;
Mais malgré ce rapport adroitement tiffu,
A fa fecrete horreur, mon cœur l'a reconnu.
D'un menfonge inventé, je vais faire un oracle.
Tu fuppofois ta mort, j'en aurai le fpectacle :
Electre qui d'un frere en toi voit l'affaffin
Te cherche, & d'un poignard va te percer le fein.
Mais, il vient, & je vois Electre qui s'avance :
Sortons, laiffons au fort le foin de ma vengeance.

(La barbe d'Egifte difparoît, il devient Orefte.)

Orefte, que ces lieux irritent ta douleur!
Palais d'Agamemnon, vous me frappez d'horreur.
Dieux! vous l'avez permis ; le meurtre de mon pere,
Eft pour comble d'horreur, le crime de ma mere ;
Egifte a confommé fes barbares fureurs :
Mais quelle eft cette Efclave? elle répand des pleurs!

*(Orefte ne fait que fe tourner, Electre paroît :
l'habit d'Arifteme par le dos, repréfente celui
d'une Actrice, un mafque fert de vifage. Electre
a un mouchoir & un poignard pendus à fa
ceinture.)*

Electre.

(Tenant d'une main le mouchoir, & de l'autre un poignard.)

Ah je vois le perfide! O juftice célefte,
Condui mes coups! frappons . . . meurs affaffin
d'Orefte!

Orefte,

Oreste.

D'Oreste! à m'immoler qui peut vous engager ?
Si vous sçaviez sur qui vous allez le vénger.

Electre.

Il est mort par tes coups ; tu t'en vantes barbare,
Et tu doutes du sort qu'Electre te prépare ?

Oreste.

Vous, Electre !

Electre.

Cruel, pour remplir ta fureur.
Tu fis périr le frere, immole encor la sœur.
Oracles imposteurs, crédulité funeste !
Pourquoi m'abusiez-vous sur le destin d'Oreste !
Tout m'assure sa mort ! j'attendois son retour.

Oreste.

Ah calmez vos douleurs ! Oreste voit le jour.

Electre.

Il respire ? grands Dieux, je reverrois mon frere !

Oreste.

Il vient briser vos fers, venger la mort d'un pere.
Il ne vit que pour vous, pour finir vos malheurs.

Electre.

Il va paroître ! Il m'aime ! Eh quel garant ?

Oreste.

Mes pleurs.

Electre.

Vos pleurs ! mais Ciel !

Oreste.

Electre.

Electre.

Electre.

Ah ! par mon trouble extrême
Je vois...

Oreste.

Quoi... votre cœur !....

Electre.

Mon frere, c'est vous-même.

A R I S T E M E *(à Nicandre qui pleure.)*
Hé bien, la Troupe ?

N I C A N D R E.
Ah ! j'en suis enchanté.

A R I S T E M E.
Et vous trouvez qu'Electre joüe.....

N I C A N D R E.
Avec tendreſſe & dignité.
Une reconnoiſſance à vous ſeul, je l'avoüe,
Eſt un morceau tout neuf & bien exécuté.
Vous voulez, je le ſçais, entrer dans ma famille,
Je vais de votre Himen hâter les doux inſtans,
Je romps avec Liſis tous mes engagemens :
Il n'a que ma parole & le cœur de ma fille,
Des tréſors, des vertus ; vous avez des talens.

A R I S T E M E.
Ah Seigneur ! par combien de Scenes
Vais - je vous aſſurer d'un cœur reconnoiſſant ?

N I C A N D R E.
Allez faire dreſſer cet Acte intéreſſant,
Qui de l'Himen forme les chaînes.

*(Nicandre ſe promene & imite ce qu'il a vû faire à
Ariſteme, ſe tournant tantôt comme Electre, &
tantôt comme Oreſte.)*

S C E-

SCENE VIII.

NICANDRE, LISIS, MIRTO, CARITE.

LISIS (*parlant à Mirto, & à Carite, dans l'enfoncement.*)

OUi les Abdérites font fous,
 D'aimer ainfi la Comédie.
   (*Il apperçoit Nicandre.*)
 Mais le voici. Sur fa manie,
Songez à le flatter; ayez l'efprit plus doux.

   MIRTO (*à Nicandre.*)

Je viens à vos genoux rougir de l'ignorance
 Qui me faifoit fi fottement,
 Exercer votre patience,
 En condamnant obftinément,
 L'ingénieux amufement,
 Que j'accufois d'extravagance.
Quand je dirois que ma haute prudence,
 Ma vive pénétration,
 Ont démêlé l'illufion :
 Ce feroit mentir d'importance.
 Pourtant me pardonneroit-on,
En faveur de l'effort, rarement efficace,
 Qu'il faut qu'une femme fe faffe
 Pour revenir à la raifon.
De bonne foi, je veux bien vous le dire,
 De mon ridicule délire,
Lifis feul a détruit la folle impreffion.
 De votre aveu, je lui promis ma fille.
 Uniffons-le à notre famille.
Il fçait guérir l'efprit, croyez-moi, cher Epoux,

Uil

Un pareil empirique eſt un tréſor pour nous.

NICANDRE.

J'eſtime fort Liſis ; je connois ſon mérite.

MIRTO.

Mais que décidez-vous ſur le ſort de Carite ?

NICANDRE.

Je ſonge à ſon Himen.

CARITE.

J'y ſonge bien auſſi.

NICANDRE.

Votre Epoux eſt parfait.

CARITE.

Mon cœur me l'a choiſi.

NICANDRE.

Il a le geſte admirable,
L'intelligence, & la voix.
C'eſt Ariſteme enfin.

CARITE.

Liſis.

NICANDRE.

Voilà mon choix,
Un gendre qui déclame eſt toujours préférable.

LISIS.

Le Seigneur Nicandre a raiſon.

MIRTO,

Peut-il l'avoir jamais ? Quoi vous trouverez bon…

LISIS (à Mirto.)

Calmez-vous, & me laiſſez faire.

(A Nicandre.)

Je dis raiſon.

CARITE.

Moi je n'en ai donc guére,
Liſis, de vous aimer ſi bien.

C   LISIS,

LISIS.
Peut-être en ma faveur son ame étoit séduite,
Quand il me promit que Carite
Uniroit son sort & le mien ;
Il est juste, après tout, qu’il pese le mérite
Des Concurrens dont la poursuite
A pour objet un si grand bien.
Je l’avoûrai d’ailleurs, dussai-je lui déplaire,
Sur cet art devenu notre plus grande affaire,
Mon sentiment est différent du sien.

CARITE.
(à Lisis.)   (à Nicandre.)
Non vraiment. Eh ! n’en croyez rien.
LISIS (à Carite.)
Un moment.
NICANDRE.
Quel avis differe ?...
LISIS.
La Scene entre les dons répandus par les Dieux,
Sans doute est la faveur aux mortels la plus chere.
Vous gouvernez l’Etat, & fixez dans Abdere,
Un Trésor si précieux !
NICANDRE.
Seigneur, tout y déclame ! ai-je pu faire mieux ?
LISIS.
Tristes habitans des Campagnes,
Quoi vous seriez réduits dans votre obscurité,
A vivre sans Théatre avec tranquillité !
L’innocente simplicité,
La paix & l’amitié, ses fidéles compagnes,
Feroient dans les vallons, même sur les montagnes,
Votre unique félicité !
NICANDRE.
Seigneur, vous me frappez par un trait de clarté ;
Mais la grossiereté

D’une

D'une Bergere & d'un Pâtre,
Seroit-elle fenfible à la fublimité
Des grands fentimens du Théatre?
L I S I S.
J'ai formé des Acteurs, qui fans profe, ni vers,
Peuvent être entendus dans le vafte univers.
N I C A N D R E.
Comment eft-on faifi par des Scenes pareilles?
Quoi! fans profe, ni vers!
L I S I S.
Leur art ingénieux
Parle à l'efprit, au cœur, fans frapper les oreilles.
N I C A N D R E.
Que fait le fpectateur?
L I S I S.
Il ouvre de grands yeux.
N I C A N D R E.
Vous nous annoncez-là d'étonnantes merveilles.

(Il paroît dans l'enfoncement deux Acteurs, en
attitudes de danfeurs.)

L I S I S *(montrant les danfeurs.)*
Soyez bien attentif, leurs difcours font précis.
M I R T O.
Difcourir fans parler, ce font contes frivoles.
C A R I T E.
Pourquoi? tenez, j'entens un gefte de Lifis,
Mieux que d'un autre les paroles.

(Les danfeurs exécutent une danfe, qui repréfente
une intrigue d'amour.)

N I C A N D R E. *(La Scene achevée.)*
C'eft la fin.
C 2   C A-

CARITE.
Ils m'attendrissoient.

LISIS (aux danseurs.)

Allez.

MIRTO.
Ils me divertissoient.

LISIS (à Nicandre qui rêve.)
Seigneur, vous gardez le silence,
Est-ce mépris, indifférence?

NICANDRE.
Pouvez-vous le soupçonner?
Seigneur, je vous admire & vous m'allez connoître:
Quiconque a la vertu que vous faites paroître,
Mieux que moi, dans Abdere, a droit de gouverner.
Je vous céde ma place.

LISIS.
Hé non.

NICANDRE.
Vaine replique,
Je vais vous y forcer par l'aveu du Sénat,
Charmé de procurer à notre République,
Un aussi grand homme d'Etat.

CARITE.
Me donnez-vous aussi?...

MIRTO.
Lisis lui plait & l'aime,
Après avoir promis, pouvez-vous hésiter?
Vous le sçavez, je suis la complaisance même,
Mais si vous croyez l'emporter...

NICANDRE.
Puis-je désesperer le Seigneur Aristeme !
Il a de grands talens, s'il alloit nous quitter:
J'abandonne en ce jour pour pouvoir m'aquitter,
A lui ma fille, à vous le rang suprême.

LISIS.

Quoi !

NICANDRE *(à Lisis.)*
Le Sénat bien-tôt s'assemblera,
Entre Aristeme & vous, c'est lui qui jugera.

MIRTO.

Le Sénat.

NICANDRE.
Ah ! c'est Aristeme.
Anaximene suit & j'apperçois Phorbas,
Leur avis m'ôtera d'un embarras extrême.

CARITE.
Eh pourquoi sur cet embarras,
Ne me pas consulter moi-même ?
Sur le choix d'un Epoux qu'est-ce qu'ils m'apprendront ?
C'est moi qui dois l'aimer, c'est eux qui choisiront ?

SCENE IX.

PHORBAS, ANAXIMENE, ARISTEME,
NICANDRE, MIRTO, CARITE,
LISIS.

NICANDRE *(à Anaximene.)*
HE bien !

ANAXIMENE.
J'apporte ici d'importantes nouvelles.
Le Théatre est dressé, formons vîte les Chœurs.
Il contient, comprenant les aïles,
Mille ou douze-cens Acteurs.

NI-

NICANDRE. *(à Phorbas.)*
Nos Actrices, hé bien, vous avez eu pour elles,
De parfaitement belles fleurs ?

PHORBAS.
Oui des fleurs parfaitement belles.

ARISTEME *(préfentant fon Contrat à Nicandre.)*
Vous êtes obéï, Seigneur, exactement ;
Voici cet Acte heureux, aimable dénoûment ;
Qui conduit à l'himen...

NICANDRE.
Voyons ce qu'il expofe.

LISIS *(à Arifteme.)*
C'eft-là votre Contrat ?

ARISTEME.
Oui.

LISIS.
Donnez.

ARISTEME.
Hé pourquoi ?

LISIS *(rendant le Contrat, après avoir jetté les yeux
deffus.)*
C'eft-là votre Contrat ?

ARISTEME.
Oui.

LISIS. *(à Nicandre.)*
Carite eft à moi.

(à Arifteme.)
Vous y renoncez, je le vois.

ARISTEME.
Moi?

LISIS.
Sans doute.

NICANDRE.
Comment?

LI-

LISIS.
Le contrat est en prose.

ANAXIMENE *(avec indignation.)*
En prose?

NICANDRE *(avec dédain.)*
En prose?

PHORBAS *(imitant Nicandre.)*
En prose?

ARISTEME.

Assurément.

LISIS.
Je ne le force pas, il le dit librement:
Je vous réclame ici profonde politique,
De ces illustres Chefs de notre République.
A combien de clarté nos yeux se font ouverts?
Depuis que nos esprits devenus dramatiques,
Passent à déclamer les instans les plus chers.
Non, vous n'en doutez point, pour rendre à l'univers
Nos actes, vos arrêts à jamais autentiques,
Il faut dès cet instant qu'on les compose en vers.

NICANDRE.
O sublime génie!

ANAXIMENE.
Il est digne d'un Temple.

LISIS *(tirant un Contrat.)*
J'établis à la fois le précepte & l'exemple.

NICANDRE.
Un Contrat poëtique: ah quelle autorité!

ANAXIMENE.
Modele séduisant pour la postérité.

NICANDRE.
Lisez.

LISIS.
Ce fut.

PHOR-

PHORBAS.
Lifez.
NICANDRE *(à Phorbas.)*
Taifez - vous.
PHORBAS *(avec fatisfaction.)*
Qui, me taire.
LISIS.
Ce fut l'an mémorable où le Sénat d'Abdere,
Acquit de déclamer le talent falutaire,
Où Nicandre enflammé par un zele fi beau,
Fut le pere & l'honneur du Théatre au berceau;
Que l'amoureux Lifis., la charmante Carite,
La raifon les guidant, les plaifirs à fa fuite,
Sur la foi de l'eftime & l'ordre des amours,
Obtinrent de l'Himen qu'ils s'aimeroient toujours:
Le cœur fit le ferment, les parens l'approuverent,
Et pour le confirmer fourirent & fignerent.

(Il arrache une plume que tient Arifteme, & la
préfente à Nicandre avec le Contrat.)
NICANDRE *(fignant.)*
Je fuis charmé, je figne en cet acte, Seigneur,
L'époque de notre grandeur.
MIRTO *(fe jettant avec empreffement fur la plume.)*
Pour moi, c'eft un plaifir extrème:
Quand je me marierois moi-même.,
Je n'aurois pas affurément,
Un plus parfait contentement.
Puiffiez-vous éternellement,
Joyeufement, fidellement...
CARITE.
Maman, dépêchez je vous prie.
(après avoir figné.)
Ah! je viens de figner le bonheur de ma vie.

LISIS (*signant.*)
Je suis plus sûr encor que vous signez le mien.

ARISTEME.
Mon espoir est tombé, sa flamme est applaudie,
Mon rôle c'est l'Amant? l'Epoux sera le sien:
Il est peu d'Acteurs dans la vie
Qui d'un rôle éternel, s'aquittent toujours bien.

NICANDRE.
Pour couronner le jour de cet heureux lien,
Il faut sur le Théatre en célébrer la fête.

ANAXIMENE.
Et pour la préparer quatre jours seulement.

LISIS.
La préparer ! elle est prête.

ANAXIMENE.
Prête déja?

PHORBAS.
Déja prête.

ANAXIMENE.
Comment?
A peine arrivez-vous & pour ce soin pénible...

LISIS.
Je détruis par un mot ce grand étonnement;
Aimez Carite un seul moment,
Vous ne verrez rien d'impossible.

NICANDRE.
Quel Trésor de sagesse !

MIRTO (*l'embrassant.*)
Oh le Gendre charmant!

LISIS.
Plaçons-nous.

PHORBAS.
Oui plaçons.

LISIS.

Qu'on commence à l'inftant.

(La Fête commence.)

***

VAUDEVILLE.

PArcourez, pefez mûrement
Les plus doux plaifirs de la vie;
Ce qui vous rit dans un moment,
Le moment d'après vous ennuye.
Non rien ne plaît fi conftamment,
Que de joüer la Comédie.

***

Quand l'objet qui trahit vos feux,
A vous bien tromper s'étudie,
Si vous êtes bien amoureux,
S'il vous cache fa perfidie,
Vous êtes encor trop heureux
Qu'il ait joüé la Comédie.

***

Complaisant, doux, ingénieux,
Damis plaira toute fa vie;
Vous ne lifez point dans fes yeux,
Que votre fottife l'ennuye.
Pour les fots, peut-on faire mieux
Que de joüer la Comédie.

***

CARITE.

Amour, que mon rôle eſt charmant!
Il me plaît plus je l'étudie:
J'épouſe aujourd'hui mon amant
Pour mieux l'aimer toute ma vie.
Ah que d'aimer bien tendremeut,
Eſt une douce Comédie!

NICANDRE & PHORBAS
alternativement.

NICANDRE.

Un Amant conte les rigueurs
Que lui fait ſouffrir ſa Silvie.

PHORBAS.

Que Nicandre connoît les cœurs!
Oui, les rigueurs on les publie.

NICANDRE.

Mais plus diſcret ſur les faveurs,
Il doit joüer la Comédie.

Un Sot prétend vous amuſer,
La plus laide ſe croit jolie,
Chercher à les déſabuſer,
Ce ſeroit bien une folie,
Un ſage a de quoi s'excuſer,
D'avoir joüé la Comédie.

Pour plaire, affecter chaque jour,
Les tranſports d'une ame attendrie,
Il vaut mieux même ſans retour
Aimer tout le tems de ſa vie.

L'état

L'état le plus dupe en amour,
Eſt de joüer la Comédie.

Oreſte.

QUEL PLAISIR! je revoi ma ſœur!

Electre.

Ah mon frere! j'en ſuis ravie:
Egiſte a fait notre malheur.

Oreſte.

Le perfide a perdu la vie,
Je viens de lui percer le cœur.

Electre.

O l'agréable Tragédie!

F I N.